Nathalie,
la fée de la
natation

À tous les enfants de l'école primaire de Newbridge

Un merci spécial à Sue Mongredien

Catalogage avant publication de Bibliothèque et Archives Canada

Meadows, Daisy
[Samantha the swimming fairy. Français]
Nathalie, la fée de natation / auteure et illustratrice, Daisy
Meadows ; texte français d'Isabelle Montagnier.

(Arc-en-ciel magique. Les fées des sports ; 5)
Traduction de: Samantha the swimming fairy.
ISBN 978-1-4431-3611-2 (couverture souple)

I. Montagnier, Isabelle, traducteur II. Titre. III. Titre: Samantha the swimming
fairy. Français. IV. Collection: Meadows, Daisy L'arc-en-ciel
magique. Les fées des sports ; 5.

PZ23.M454Nat 2014   j823'.92   C2013-907962-9

Édition publiée par les Éditions Scholastic,
604, rue King Ouest, Toronto (Ontario) M5V 1E1

5 4 3 2 1   Imprimé au Canada 139   14 15 16 17 18

Nathalie, la fée de la natation

Daisy Meadows

Texte français d'Isabelle Montagnier

Éditions ■SCHOLASTIC

Le palais du Royaume des fées

Le terrain de stationnement

Autobus

Les écuries

Le stade de soccer J. Fontaine

Les terrains de basketball

Les terrains de soccer

La ville de Combourg

CENTRE DE LOISIRS

La piscine

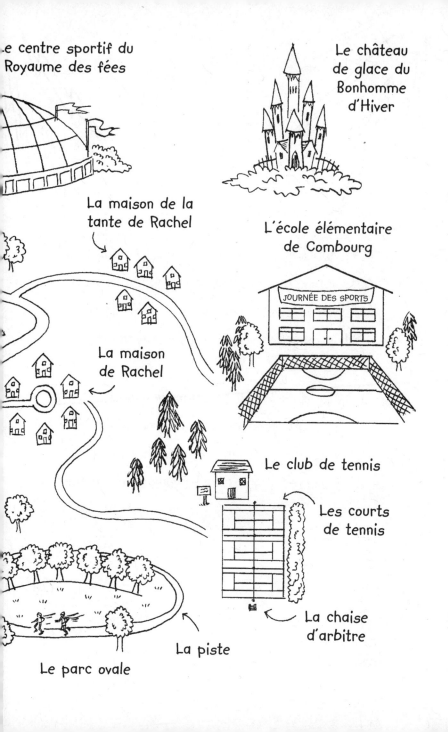

Le centre sportif du Royaume des fées

Le château de glace du Bonhomme d'Hiver

La maison de la tante de Rachel

L'école élémentaire de Combourg

JOURNÉE DES SPORTS

La maison de Rachel

Le club de tennis

Les courts de tennis

La chaise d'arbitre

La piste

Le parc ovale

Les Olympiades des fées vont bientôt commencer.
Cette année, mes gnomes habiles y participeront
et grâce au plan diabolique que j'ai manigancé,
ils remporteront toutes les compétitions.

Munis des objets magiques des sports,
ils se distingueront par leur excellence
et gagneront toutes les médailles d'or.
À vos marques! Prêts? Que les jeux commencent!

Table des matières

Problèmes à la piscine

—Va chercher la balle, Bouton! s'écrie Rachel Vallée en lançant la balle favorite du chien à l'autre bout de la cour arrière.

Karine Taillon, la meilleure amie de Rachel, passe la semaine de relâche chez les Vallée. Elle sourit et, en regardant le chien se précipiter sur la balle, elle dit :

— Bouton aime bien faire de l'exercice, n'est-ce pas?

— Et nous sommes presque aussi en forme que lui! Nous avons eu une semaine très sportive!

Rachel sourit. Les parents des fillettes ne sont pas au courant, mais elles ont vécu de nouvelles aventures féeriques cette semaine. En effet, elles ont aidé les fées des sports à retrouver les objets magiques que les gnomes leur ont volés. Rachel et Karine s'estiment très chanceuses d'être amies avec les fées.

— Bonjour les filles! dit le père de Rachel qui arrive dans la cour arrière avec sa femme.

Bouton se précipite vers eux, la balle dans la gueule. Puis il la dépose aux pieds de Rachel et va boire avidement de l'eau dans son bol.

— Quelle belle journée! dit Mme Vallée en s'éventant. Ce serait un jour parfait pour aller à la piscine.

Rachel et Karine échangent un regard enthousiaste. Ce serait super d'aller nager, surtout qu'elles doivent retrouver les lunettes de Nathalie, la fée de la natation.

— Oh oui! Pourrait-on aller à la piscine?

demande Rachel.

— La piscine de Combourg est fermée, fait remarquer M. Vallée, mais Aqua Fun dans la ville voisine, elle, est ouverte.

Puis il fronce les sourcils et ajoute :

— Mais je viens de laisser la voiture chez le mécanicien pour un changement d'huile, alors je ne pourrai pas vous y déposer.

Karine est déçue. Elle adore se baigner! Au début de la semaine, Rachel et elle ont découvert que les gnomes malicieux du Bonhomme d'Hiver ont volé les sept objets magiques des fées des sports.

Tant que les objets sont avec les fées ou dans leurs casiers au stade du Royaume des fées, les sports du monde des humains et du Royaume des fées sont sécuritaires et amusants et tout le monde joue franc-jeu. Mais quand ces objets disparaissent, seuls les gens à leur proximité brillent dans le sport représenté par l'objet. Partout, les sports sont en péril!

Les Olympiades du Royaume des fées vont bientôt commencer. Le Bonhomme d'Hiver veut que ses gnomes utilisent les pouvoirs des objets magiques des fées pour remporter le premier prix : une coupe dorée remplie de chance. Karine et Rachel savent que les gnomes s'entraînent intensivement pour toutes les épreuves. Les gnomes qui ont les lunettes magiques de Nathalie doivent donc être dans une piscine quelque part.

—Vous pourriez aller à Aqua Fun en autobus, dit Mme Vallée. Le numéro 41 va jusque là-bas. Si tu prends ton téléphone cellulaire, Rachel, tu pourras m'avertir quand vous serez sur le chemin du retour.

— Hourra! s'exclament les deux fillettes.

Elles se ruent dans la maison pour aller préparer leurs affaires de piscine. Puis Mme Vallée les accompagne jusqu'à l'arrêt d'autobus.

Un autobus arrive peu après. Les fillettes disent au revoir à Mme Vallée et montent à bord. Elles s'assoient à l'arrière de l'autobus, là où les sièges sont surélevés et où elles voient bien dehors.

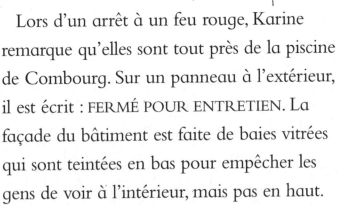

Lors d'un arrêt à un feu rouge, Karine remarque qu'elles sont tout près de la piscine de Combourg. Sur un panneau à l'extérieur, il est écrit : FERMÉ POUR ENTRETIEN. La façade du bâtiment est faite de baies vitrées qui sont teintées en bas pour empêcher les gens de voir à l'intérieur, mais pas en haut.

Un énorme tuyau sort du bâtiment. Karine
devine qu'il s'agit d'une glissade d'eau.

Soudain, elle remarque un éclair verdâtre
au-dessus du verre teinté. Elle cligne des yeux
et regarde de nouveau. Qu'est-ce que c'était?

La chose verte apparaît de nouveau et
Karine pousse une exclamation. Elle est sûre
qu'elle vient de voir un gnome!

Des gnomes à gogo!

Karine donne un petit coup de coude à Rachel.

— Regarde! s'écrie-t-elle en tendant le doigt.

Les fillettes observent le gnome qui monte et descend dans les airs. Les yeux de Rachel brillent d'enthousiasme.

— C'est incroyable que tu l'aies repéré! dit-elle. Quelle chance! Je parie que les lunettes de natation de Nathalie sont également ici.

— Mais pourquoi saute-t-il comme ça? demande Karine en voyant le gnome apparaître brièvement au-dessus du verre teinté une fois de plus.

— Il doit sauter sur le tremplin, suppose Rachel en se mettant rire.

Elle se lève et appuie sur le bouton pour signaler au conducteur de l'autobus qu'elles veulent descendre au prochain arrêt.

—Viens, dit-elle. Allons enquêter. Nous irons à Aqua Fun plus tard.

Karine se lève d'un bond. Une autre aventure féerique est sur le point de commencer!

Les fillettes descendent de l'autobus et s'empressent de se rendre à la piscine.

— Je n'ai pas remarqué de lunettes de natation sur la tête du gnome, dit Karine.

— Moi non plus, acquiesce Rachel. Mais ils sont peut-être plusieurs à l'intérieur.

Karine et Rachel se dirigent vers le côté du bâtiment et pressent leur visage contre les baies vitrées pour mieux voir à l'intérieur. Elles poussent toutes deux un petit cri de surprise.

— Il y a des gnomes partout! s'exclame

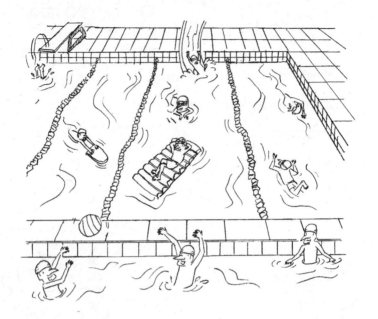

Rachel stupéfaite.

La piscine est remplie de gnomes verts de
toutes tailles. Les uns plongent tandis que
les autres font des longueurs ou jouent dans
l'eau peu profonde.

— On ferait mieux d'entrer et de
commencer à chercher les lunettes magiques,
dit Karine. Ça va peut-être nous prendre
beaucoup de temps.

Les fillettes font discrètement le tour

du bâtiment à
la recherche
d'une ouverture.
Malheureusement,
toutes les portes
semblent fermées.
Puis Rachel entend
des bruits de pas et
les fillettes se cachent
derrière un buisson. Elles

jettent un coup d'œil entre les feuilles et
voient quelqu'un se diriger vers elles.

C'est un gnome. Une grande serviette de
plage rayée est posée sur ses épaules. Il porte
un bonnet de bain blanc et des lunettes de
natation rouges sur la tête!

— Est-ce que ce sont les lunettes magiques
de Nathalie? murmure Rachel à Karine.

Karine secoue la tête.

— Je crois que ce sont des lunettes ordinaires, chuchote-t-elle. Elles ne semblent pas spéciales. Tous les autres objets magiques brillaient d'une lueur féerique.

Les fillettes regardent le gnome se diriger vers un arbre et y grimper. Il rampe sur une grosse branche menant à une fenêtre ouverte. Arrivé au bout, il passe par la fenêtre et disparaît de leur vue.

— Alors, c'est comme ça que tous ces

gnomes sont entrés, fait remarquer Karine.
Essayons nous aussi.

Karine et Rachel grimpent
dans l'arbre, rampent sur
la branche et se faufilent
par la fenêtre, tout
comme le gnome. Elles
se retrouvent dans un
corridor au sol et aux
murs recouverts de
carreaux.

— Je sais où nous
sommes, dit Rachel. Les
bassins sont par là.

Elle prend les devants. Des
cris étouffés retentissent dans
le corridor en provenance des bassins. Les
fillettes marchent sur la pointe des pieds et
font attention de ne pas se faire repérer.

Quand elles parviennent au bout du corridor, elles jettent un coup d'œil prudent et voient deux bassins : le premier est grand avec une glissade à un bout et le deuxième est plus petit et moins profond. Dans le petit bassin, sept gnomes, tous affublés de lunettes et de protège-nez, flottent sur le dos. Leurs jambes sont tendues, et leurs bras étirés

au-dessus de leur tête se touchent au centre.
Karine remarque qu'ils forment les rayons
d'une roue.

— Que font-ils donc? murmure-t-elle.

— Ils s'entraînent à la nage synchronisée,
chuchote Rachel en s'efforçant de garder
son sérieux. Mais je ne vois pas d'étincelles
autour de leurs lunettes. Et toi?

Les fillettes observent attentivement les
lunettes des gnomes. Elles semblent toutes
ordinaires.

Puis les gnomes se mettent en équilibre sur
leurs mains au fond de la piscine, les jambes
à la verticale, les orteils pointés vers le haut.
Ensuite, ils plongent leur jambe gauche dans
l'eau et tournent tous en même temps.

—Viens, profitons de
ce moment pour nous
faufiler vers le grand
bassin sans nous faire
voir, dit Karine.

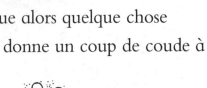

Les fillettes
s'éloignent du petit
bassin et se cachent
derrière une pile de flotteurs.

Rachel remarque alors quelque chose
d'intéressant. Elle donne un coup de coude à

Karine et lui montre du doigt une autre pile
de flotteurs au bord de la piscine.

—Vois-tu ces flotteurs, là-bas? s'exclame-t-
elle. Ils luisent d'étincelles roses!

— Peut-être que les lunettes magiques sont
là-bas, chuchote Karine. Allons voir!

Les deux amies courent voir de plus près.
Elles ne trouvent pas de lunettes magiques,
mais elles sourient en voyant la source des
étincelles : Nathalie, la fée de la natation,
est assise sur une pile de flotteurs, ses jambes
minuscules pendant dans le vide!

Nathalie a de longs cheveux noirs. Elle porte un maillot de bain rose et noir avec un joli paréo rose assorti.

— Bonjour les filles, dit-elle gaiement.

— Bonjour, répond Rachel avec un sourire. Nous cherchions justement tes lunettes magiques!

— Moi aussi, dit Nathalie. J'ai l'impression qu'elles sont dans ce bâtiment.

Elle adresse un sourire éclatant aux deux amies et ajoute :

—Vous n'allez pas rester en jean et en tee-shirt. Je vais vous fournir des vêtements plus appropriés.

Elle agite sa baguette. Un jet de poussière magique rose pâle s'en échappe et tourbillonne autour des fillettes. Quelques secondes plus tard, elles portent des maillots de bain deux-pièces avec des jupettes à volants. Le maillot de Rachel est lilas à motifs de dauphins argentés et celui de Karine est turquoise à motifs de coquillages dorés.

— C'est beaucoup mieux comme ça, dit Nathalie.

— Oh! Merci! s'exclame Karine en admirant son maillot de bain. Maintenant, on devrait essayer de chercher tes lunettes

dans le grand bassin, Nathalie. Les gnomes qui sont dans le petit bassin ne les ont pas.

Rachel montre du doigt des gradins qui longent la grande piscine d'un côté.

— Cachons-nous derrière ces gradins pour essayer de repérer tes lunettes, suggère-t-elle.

— Bonne idée, acquiesce Nathalie.

Les deux fillettes et leur amie la fée se dissimulent derrière les rangées de sièges en plastique et observent les gnomes.

Karine voit que l'un d'eux porte un tee-

shirt sur lequel il est écrit MAÎTRE NAGEUR.
Il est assis sur une chaise très haute au
bord de la piscine. Il ne cesse de crier des
ordres aux autres. Mais ce qui intéresse
vraiment Karine, c'est ce qu'il tient dans sa
main gauche : une paire de lunettes roses
scintillantes!

— Là-bas, murmure-t-elle à ses amies. Je

crois qu'il a les lunettes magiques!

Le visage de Nathalie s'illumine d'un large sourire.

— Oui, ce sont bel et bien mes lunettes, s'exclame-t-elle gaiement. Bravo!

— Maintenant, il ne reste plus qu'à trouver une façon de les reprendre, dit Rachel d'un ton songeur.

— Et si je vous transformais toutes les deux en fées? suggère Nathalie. Comme ça, vous pourriez vous approcher du maître nageur sans vous faire remarquer et, avec un peu de chance, vous pourriez lui reprendre les lunettes.

Rachel et Karine hochent la tête.

— Oui, essayons, dit Karine avec enthousiasme.

Nathalie agite sa baguette et un nuage d'étincelles roses entoure de nouveau les

fillettes. Elles se sentent rapetisser de plus
en plus, jusqu'à ce qu'elles aient la taille de
fées.

*C'est tellement amusant de se transformer en
fée!* pense Karine. Elle bat joyeusement des
ailes. Elle adore la façon dont elles prennent
les couleurs de l'arc-en-ciel sous les lumières
vives de la piscine.

— À nous les lunettes, maintenant! dit
Rachel en riant.

Elle fonce dans les airs, suivie de Karine et de Nathalie. Les trois amies restent aussi près que possible du plafond pour éviter de se faire remarquer.

Elles s'approchent du maître nageur et Rachel l'entend se vanter.

— Je suis le maître nageur, alors je suis le chef, dit-il à d'autres gnomes. Donc, interdiction de s'éclabousser, de faire des bombes et de se bousculer!

— On veut juste s'amuser un peu! proteste un petit gnome. Tu es un vrai tyran!

— Le règlement, c'est le règlement! renchérit le maître nageur.

Il montre les mots sur son tee-shirt d'un air important :

— Regarde mon tee-shirt! Je suis le

maître nageur. C'est moi qui commande
ici!

Karine, Rachel et Nathalie papillonnent
derrière la chaise du maître nageur. Elles
attendent le bon moment pour s'emparer
des lunettes. Mais le maître nageur les tient
fermement. De temps à autre, il les fait
tourner autour de ses doigts.

Puis un autre gnome à l'air espiègle
s'approche.

— C'est mon tour de les avoir, dit-il
en montrant les lunettes magiques. Tu les

as depuis plusieurs jours et tu ne t'en sers même pas! Je les veux pour aller sur la glissade d'eau.

— Pas question, répond brusquement le maître nageur. Les glissades d'eau ne sont pas un sport olympique! N'oublie pas que nous sommes venus ici pour nous entraîner, pas pour jouer sur la glissade.

— Mais, commence à dire l'autre

gnome…

Le maître nageur n'a pas fini de parler :

— As-tu oublié que les Olympiades du

Royaume des fées
auront lieu dans deux
jours? poursuit-il.
Deux jours! C'est tout!
Tu devrais t'entraîner
à faire des longueurs
au lieu d'aller sur la

MAÎTRE
NAGEUR

glissade. Le Bonhomme d'Hiver ne sera
pas très content s'il apprend ça.

Le gnome part en traînant les pieds,
l'air grincheux. Karine trouve que le
maître nageur affiche un air suffisant en
le regardant s'en aller. Il fait de
nouveau tourner les lunettes
autour de ses doigts.

Les trois fées échangent un regard

complice et se rapprochent du maître
nageur. Elles espèrent pouvoir faire glisser
les lunettes de ses doigts et s'envoler à
tire-d'aile. Soudain, un cri angoissé leur
parvient de la piscine.

— Au secours!

Karine, Rachel et Nathalie se retournent
pour voir ce qui arrive. Un gnome se débat
dans la partie la plus profonde du bassin. Il
agite les bras et envoie de l'eau partout.

— Au secours! bafouille-t-il encore avant
de disparaître sous l'eau.

Un vol audacieux

Le maître nageur met immédiatement les lunettes magiques et plonge dans la piscine en soulevant une énorme gerbe d'eau.

Les trois fées le regardent traverser la piscine. Sa technique de crawl est parfaite et ses longs bras verts le propulsent rapidement. En quelques mouvements puissants, il atteint le gnome en difficulté et le tire du danger.

En arrivant au bord de la piscine, il
remonte les lunettes magiques sur sa tête.

— Oh là là! dit Rachel d'un ton
admiratif. Quel nageur incroyable, ou
plutôt, je devrais dire que tes lunettes sont
incroyables, Nathalie. Elles l'aident à nager
tellement bien!

Nathalie hoche la tête.

— Oui, leur magie est puissante, convient-
elle avec fierté.

Puis elle écarquille les yeux.

— Mais que se passe-t-il donc?

Karine et Rachel regardent les gnomes.
Celui qui voulait emprunter les lunettes
magiques s'est approché furtivement du
maître nageur.
Soudain, il tend
le bras et saisit les
lunettes magiques.
Puis il s'enfuit vers
la glissade.

— Quelle audace!
s'écrie Rachel.

— Le maître
nageur n'a rien
remarqué, ajoute Karine en le voyant tirer
hors de l'eau le nageur en difficulté.

Le gnome rescapé crachote et tousse.

— J'ai cru que je devenais aveugle, se
plaint-il.

— Aveugle? Pourquoi? demande le maître nageur.

Le gnome tousse de nouveau.

— J'ai eu de l'eau dans les yeux et ça brûlait, explique-t-il.

— Ah! dit le maître nageur d'un air entendu en agitant un doigt. Pour éviter cela, il faut que tu portes des lunettes comme les miennes.

Le gnome rescapé fronce les sourcils.

— Mais tu ne portes pas de lunettes, répond-il, perplexe.

Le maître nageur fait claquer sa langue, visiblement excédé.

— Je les mets ici quand je ne nage pas,

explique-t-il en montrant le dessus de sa tête où les lunettes magiques se trouvaient il y a quelques instants encore.

— Ici? Je ne vois rien, dit le gnome rescapé, de plus en plus étonné.

Le maître nageur lève les yeux au ciel.

MAÎTRE NAGEUR

—Tu as besoin de lunettes de vue, pas de lunettes de natation! s'exclame-t-il. Ou peut-être d'un nouveau cerveau. Franchement!

Nathalie, Karine et Rachel ne peuvent s'empêcher de rire.

—Venez! Le sauvetage s'est bien passé. Il faut trouver ce petit malin de voleur de lunettes maintenant, dit Nathalie.

Les trois amies volettent et essaient de
repérer la lueur des lunettes magiques. C'est
difficile, car la piscine est pleine de gnomes.
Mais au bout de quelques minutes, Karine
aperçoit des étincelles roses. Elle les montre
du doigt à ses amies.

— Là-bas! dit-elle. Il nage dans la partie
profonde. Vous le voyez?

Rachel et Nathalie regardent dans cette
direction. Le voleur de lunettes fend l'eau

en nageant le crawl à merveille.

Les trois amies le suivent, mais le gnome
est trop rapide. Avant qu'elles aient pu le
rattraper, il a déjà atteint l'autre côté du
bassin et il se dirige vers l'escalier qui mène
à la glissade. Il sort de l'eau et remonte
les lunettes sur sa tête. Puis il grimpe les
marches en bousculant les gnomes qui
attendent leur tour.

— Laissez-moi passer! Écartez-vous de

mon chemin! hurle-t-il. C'est moi qui ai les lunettes maintenant!

Peu de temps après, une dispute éclate parmi les gnomes qui sont tout en haut de la glissade.

— Arrête de me pousser! crie un premier gnome.

— Attends ton tour! lance un deuxième.

— Tu m'écrases les orteils! se plaint un troisième.

Karine, Rachel et Nathalie échangent un regard consterné: Que peuvent-elles faire? Une foule de gnomes entourent les lunettes magiques, à présent!

Repérées!

Rachel se creuse les méninges, mais il y a tellement de bruit qu'elle a du mal à se concentrer. Deux gnomes se disputent dans le bassin en dessous d'elle.

— C'est à mon tour d'avoir la bouée, dit le plus grand des gnomes en essayant de l'arracher des mains de son acolyte.

— Pas question! Je viens juste de l'avoir, réplique l'autre. De toute façon, elle est trop

petite pour toi.

Le grand gnome prend un air fâché et
envoie de l'eau dans les yeux du deuxième
gnome avant de s'en aller à la nage.

Mais leur dispute donne une idée à

Rachel.

— Nathalie, pourrais-tu faire apparaître
une bouée avec ta magie? demande-t-elle.

— Bien sûr! dit Nathalie en tendant sa
baguette.

— Et pourrais-tu la faire un peu plus
petite que la normale, s'il te plaît? poursuit
Rachel.

— Sans problème, répond Nathalie en hochant la tête. Mais pourquoi?

— Eh bien, explique Rachel, si on tient la bouée au bas de la glissade, quand le gnome aux lunettes magiques glissera, il tombera directement dedans. Si elle est un peu trop petite pour lui, ses bras resteront coincés contre son corps.

— Et on pourra prendre les lunettes magiques sur sa tête. Quelle idée géniale, Rachel! s'écrie Karine en souriant.

Nathalie acquiesce.

— J'adore cette idée! Je peux utiliser ma magie pour rendre la bouée juste assez étroite pour coincer les bras du gnome contre son corps sans lui faire mal. Voyons voir…

Elle murmure quelques mots magiques et agite sa baguette. De la poussière féerique

rose vif en jaillit, puis une minuscule bouée
turquoise apparaît et flotte dans les airs.

Rachel adresse un grand sourire à la fée.

— Parfait, dit-elle en tendant la main
pour prendre la bouée.

— Elle est très petite pour qu'on puisse la
transporter facilement sans que les gnomes
la remarquent, précise Nathalie. Quand ce
sera le moment de l'utiliser, je l'agrandirai.

Allons jusqu'au bas de la glissade d'eau
pour attendre le gnome.

Les trois fées volettent dans les airs.
Rachel tient la bouée. De nombreux
gnomes glissent à toute allure et atterrissent
dans la piscine en faisant un gros *plouf!*

—Voici notre gnome, dit Karine qui
l'aperçoit alors qu'il
se jette à plat ventre
dans la glissade.
Mais comment
allons-nous le
suivre? Ce sera
difficile de l'attraper
si on ne sait pas
quand il va sortir
du tunnel.

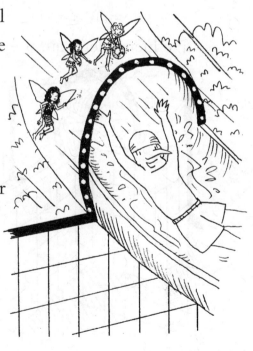

Nathalie lui fait
un clin d'œil et

agite sa baguette. Un jet d'étincelles roses
fend les airs en direction du gnome qui
glisse à l'intérieur du tunnel géant.

— Ça y est, dit-elle en riant. J'ai rendu
son maillot de bain bleu vif. On devrait le
voir briller même à l'intérieur du tunnel!

Rachel se met à rire.

— Le voilà! s'écrie-t-elle en désignant
une lueur bleue qui passe devant l'une des

fenêtres du
tunnel.

— Il approche
rapidement! dit
Karine alors
que la lueur
bleue file dans
une partie
tortueuse à la
fin du tunnel.

Mettons-nous en place!

Nathalie agite sa baguette et donne la bonne taille à la bouée. Aidée de Karine et de Rachel, elle s'apprête à l'abaisser à l'endroit exact quand un cri retentit à l'autre bout de la piscine.

— Hé! Regardez! Il y a des fées agaçantes à côté de la glissade!

Karine regarde par-dessus son épaule et sa gorge se serre. Plusieurs gnomes furieux les montrent du doigt et nagent vers elles.

Karine adresse un regard nerveux à Rachel et à Nathalie.

— Nous ne pourrons pas attraper le

gnome sur la glissade si tous les gnomes
viennent ici, gémit-elle. Qu'allons-nous
faire?

Les fillettes font des vagues

— Je m'en occupe, dit Nathalie en pointant sa baguette vers l'eau.

Des bulles et des étincelles surgissent à l'extrémité de la baguette et tombent dans la piscine. De grandes vagues apparaissent immédiatement et se mettent à rouler en direction des gnomes. On dirait qu'une machine à vagues s'est mise en route!

Tout d'abord, les gnomes essaient

de franchir les vagues pour
atteindre les fées, mais
Nathalie agite de nouveau
sa baguette. Des
planches de surf et
des ballons de plage
apparaissent alors.

— Hé, je suis un super
surfeur! s'écrie l'un des
gnomes en saisissant
une planche et en se
laissant entraîner par
une vague jusqu'à
la partie moins
profonde. Youhou!

Tout à coup, tous
les gnomes veulent être
de super surfeurs! Certains s'allongent
sur les planches et flottent sur les vagues

tandis que d'autres essaient de
sauter par-dessus les vagues
ou de rester debout sur
leur planche. Bientôt ils
s'amusent comme des
fous et poussent
des cris de
joie. Ils ont
complètement
oublié les
fées! Rachel
et Karine
ne peuvent
s'empêcher de
rire en les voyant.
— Ils ne nous
dérangeront plus, dit
Nathalie. Maintenant, allons
récupérer mes lunettes. Regardez,

le gnome va bientôt sortir de la glissade!

En effet, le gnome aux lunettes magiques glisse dans la dernière partie du tunnel.

Les trois fées tiennent fermement la bouée.

— Le voici! s'exclame Karine.

Une seconde plus tard, le gnome surgit la tête la première et plonge droit dans la

bouée.

La magie de Nathalie la rend juste assez
petite pour que les bras du gnome soient
collés contre son
corps. Quand les
fillettes lâchent
prise, il flotte sur
l'eau comme un
gros bouchon de
liège vert.

Nathalie vole
vers lui et tire sur
la sangle élastique
de ses lunettes magiques. Karine et Rachel
volettent autour d'elle.

— Hé! s'écrie le gnome, l'air mauvais.
Ces lunettes sont à moi!

— Bien sûr que non, proteste sévèrement
Nathalie.

Dès qu'elle réussit
à reprendre les
lunettes, elle leur
redonne leur taille
du Royaume des
fées. Puis elle les
laisse pendre devant
le visage du gnome.

— De plus, ajoute-t-elle avec un sourire
moqueur, je ne crois pas qu'elles t'iraient
maintenant!

Nathalie touche les lunettes de sa
baguette et elles s'illuminent vivement
pendant quelques instants. Karine et
Rachel savent que la magie des lunettes
va de nouveau opérer maintenant qu'elles
ont retrouvé leur propriétaire légitime.
Désormais, la natation sera sécuritaire et
amusante dans le monde des humains et au

Royaume des fées.

— Hourra! s'exclame joyeusement
Rachel tandis que les trois amies s'éloignent
prudemment du gnome.

Puis Nathalie met les lunettes magiques
et utilise sa magie
pour calmer les
vagues et retirer
la bouée qui
emprisonne le
gnome. Il patauge,
l'air piteux, vers ses
amis.

En voyant ce qui est arrivé, le maître
nageur crie d'un ton grincheux :

— Sortez de la piscine! Il est temps
de retourner au château du Bonhomme
d'Hiver.

Tous les gnomes sortent à contrecœur,

ramassent leurs serviettes et leurs vêtements
et s'en vont. Tout à coup l'endroit devient
paisible.

— Quel désordre! dit Karine en regardant
les flotteurs, les bouées et les planches qui
flottent encore dans la piscine.

— Je peux ranger tout ça en deux temps
trois mouvements, déclare Nathalie.

Elle agite de nouveau sa baguette. Un tourbillon de poussière magique rose pâle en jaillit, puis les flotteurs et les jouets sortent de l'eau et se rangent tout seuls. Les bouées roulent vers un placard comme de grosses roues colorées.

Une fois que la piscine a retrouvé son aspect normal, les trois amies s'envolent par la fenêtre ouverte. Puis Nathalie utilise sa magie pour redonner à Karine et à Rachel leurs vêtements et leur taille humaine.

— Je dois aller au Royaume des fées m'assurer que tout est prêt pour les épreuves de natation des Olympiades, dit Nathalie en embrassant les fillettes. Merci beaucoup pour votre aide. Où allez-vous maintenant?

— Nous devons prendre un autobus pour aller à Aqua Fun, dit Rachel.

Nathalie hoche la tête et décrit une figure

compliquée avec sa baguette. Deux billets roses étincelants apparaissent dans les mains des deux amies.

— Cela sera plus rapide, dit la petite fée. Quand vous serez prêtes, faites vos deux billets se toucher. Ils sont pleins de poussière magique et vous transporteront directement à Aqua Fun.

— Oh merci! s'écrie Karine en regardant son billet avec ravissement.

Cette journée s'est avérée très excitante!
Les fillettes disent au revoir à Nathalie et la
regardent s'envoler dans le ciel.

— Quelle aventure amusante! dit Rachel
en orientant son billet vers celui de Karine.
Et maintenant, je suis impatiente d'aller à
Aqua Fun.

— Moi aussi, mais pas autant que de m'y
rendre par voie magique! s'exclame Karine
en touchant le billet de Rachel avec le sien
et en se laissant emporter par la magie des
fées.

Maintenant, Rachel et Karine
doivent aider

Tiffany,
la fée du tennis!

Les gnomes du Bonhomme d'Hiver ont
dérobé la raquette de tennis magique de
Tiffany. Rachel et Karine pourront-elles
l'aider à la retrouver?

Voici un aperçu de leur
prochaine aventure!

Le tournoi des gnomes

— Quelle belle journée, n'est-ce pas
Karine? dit joyeusement Rachel Vallée.

Les deux fillettes profitent d'une belle
journée ensoleillée pour se promener sur
un sentier non loin de la maison des Vallée.

— Et ce serait encore mieux si
on trouvait un autre objet magique
aujourd'hui! ajoute Rachel.

— Oui, acquiesce sa meilleure amie,

Karine Taillon. Les Olympiades des fées commencent demain, mais Tiffany, la fée du tennis, n'a toujours pas sa raquette et Gisèle, la fée de la gymnastique, n'a pas son cerceau non plus.

Rachel remarque alors un panneau étrange accroché à un arbre.

— Regarde ça, dit-elle à son amie.

Sur le panneau, les mots ont été tracés maladroitement avec de la peinture vert vif. Karine les lit à voix haute :

— *Tournoi des gnomes.* Et dessous, il y a une flèche et une autre inscription : *ENTRÉE DU CLUB DE TENNIS DE COMBOURG*, ajoute-t-elle.

— Oh non! s'exclame Rachel. C'est sûrement un autre vilain tour des gnomes! Maman et moi sommes venues jouer au tennis ici une fois ou deux. Il y a toujours des tas de gens aux alentours. Qu'arrivera-t-il si les gnomes se font repérer?

Karine prend un air inquiet. Les fillettes savent que les humains ne doivent pas connaître l'existence du Royaume des fées ni des gnomes, des fées et des créatures magiques qui y vivent.

— Il faut aller voir ce qui se passe, insiste Karine. Si les gnomes sont au club de tennis, ils ont peut-être la raquette magique de Tiffany avec eux!

LE ROYAUME DES FÉES
N'EST JAMAIS TRÈS LOIN!

Dans la même collection

Déjà parus :

LES FÉES DES FLEURS

Téa, la fée des tulipes
Claire, la fée des coquelicots
Noémie, la fée des nénuphars
Talia, la fée des tournesols
Olivia, la fée des orchidées
Mélanie, la fée des marguerites
Rébecca, la fée des roses

LES FÉES DE LA DANSE

Brigitte, la fée du ballet
Danika, la fée du disco
Roxanne, la fée du rock'n'roll
Catou, la fée de la danse à claquettes
Jasmine, la fée du jazz
Sarah, la fée de la salsa
Gloria, la fée de la danse sur glace

LES FÉES DES SPORTS

Élise, la fée de l'équitation
Sabrina, la fée du soccer
Pénélope, la fée du patin
Béa, la fée du basketball
Nathalie, la fée de la natation

À paraître :

Tiffany, la fée du tennis
Gisèle, la fée de la gymnastique